Es gibt so Tage ...

Die Deutsche National-bibliothek verzeichnet diese Publikation in der Deutschen Nationalbibliografie; detaillierte bibliografische Daten sind im Internet auf der Seite https://portal/dnb.de/opac.htm abrufbar.

Texte und Layout: Karl Miziolek
Umschlaggestaltung: Books on Demand
Bild, Frau am Fenster:
https://pixabay.com/de/photos/schwarz-und-weiß-fenster-freundin-1678414/

Verlag und Herstellung:
BoD – Books on Demand, Norderstedt
ISBN   783749480074

Karl Miziolek

Es gibt so Tage …

12 spannende Kurzgeschichten

Inhalt

Das Ritual

Als Alex noch berufstätig gewesen war, hatte er nie ausgiebig gefrühstückt. Eine Tasse Kaffee, meist in der Küche im Stehen hinuntergestürzt, die erste Zigarette – und los ging es zur Arbeit.

Nach seiner Pensionierung hatte sich das allerdings geändert. Das Frühstück lief zwar immer noch jeden Tag auf die gleiche Weise ab. Aber nun war es ein Ritual, das er genüsslich zelebrierte.

Während der Kaffee aus dem Automaten floss, ging Alex zum Briefkasten, um die Zeitung zu holen. Inzwischen waren die goldbraunen Brotscheiben schon aus dem Toaster gesprungen. Er machte es sich am Tisch im Esszimmer bequem, schlug die Zeitung auf und vertiefte sich darin. Dazu ließ er sich das Frühstück schmecken – das Rauchen hatte er sich inzwischen abgewöhnt.

So ging das bis zu jenem Morgen im Juli. Alex hatte einen Albtraum, erwachte und saß aufrecht im Bett. Er riss die Augen auf und sah gerade noch das Hinterteil der flüchtenden Katze, die ihm offenbar auf den Bauch gesprungen war.
Ihr war wohl langweilig gewesen.

Die Katze! Natürlich.
Jetzt kam sie wieder, machte einen Satz zurück aufs Bett, sah ihn mit ihren Bernsteinaugen durchdringend an, strich an seinen Armen und seinem Bauch entlang und

6

schnurrte. Dann miaute sie. Sie hörte nicht auf, ihn zu bearbeiten.

An ein Weiterschlafen war nicht zu denken. „Ja, ich komm ja schon", sagte er schlaftrunken, stieg aus dem Bett und latschte ins Vorzimmer.

Die Katze wies ihm ungeduldig den Weg in die Küche. Dort stand noch die angekrustete Schüssel vom Vorabend. Irgendwo in einem Sack musste das Katzenfutter sein, das ihm seine Tochter mitgegeben hatte.

Der Versuchung, den Inhalt einer Dose einfach in diese Schüssel zu leeren, widerstand er, er war nachdrücklich gewarnt worden, dass der kleine Racker keinesfalls einen Napf mit Futterresten anrühren würde. Also holte er, die Füße ständig umschmeichelt von dem aufgeregten Fellbündel, eine saubere Schüssel aus dem Küchenschrank, schaufelte umständlich das Futter hinein und stellte das Ganze auf den Boden. Das Kätzchen hatte keinerlei Interesse mehr an ihm und begann gierig zu fressen.

Wo blieb sein Frühstück? Und seine übliche Zeremonie? Erst jetzt konnte er damit beginnen. Und eigentlich war er viel zu früh dran.

Die neue Mode wiederholte sich jeden Tag, eine Woche lang. Jeden Morgen gab sie keine Ruhe, bis ihre Schüssel gefüllt und er wieder Luft für sie war. Er musste endlich ein Machtwort sprechen.

„Morgen ist Schluss damit! Zuerst kommt mein Frühstück, basta!", sagte er entschlossen zur Katze.

Am nächsten Morgen weckte ihn der Stubentiger, wie üblich.

„Du weißt, ab heute bin zuerst ich dran", sagte Alex, setzte eine gebieterische Miene auf und schaute das Kätzchen streng an. Er ließ sich Zeit, ging in aller Ruhe in die Küche und drehte den Kaffeeautomaten auf. Die Katze verfolgte ihn auf Schritt und Tritt, schlich um seine Beine herum und beobachtete ihn mit Argusaugen.

Während der Kaffee aus dem Automaten floss, ging er wie immer um seine Zeitung und legte sie auf den Tisch. Er trug den Toast auf einem Teller ins Esszimmer und ging noch einmal in die Küche zurück, weil er das Messer vergessen hatte. Als er zurückkam, thronte die Katze wie eine Sphinx majestätisch in voller Länge auf der Zeitung. Er versuchte, sie von dort wegzuschieben.

Sie stand auf, drehte sich um, streckte sich und hielt ihm dabei ihren Hintern ins Gesicht. Dabei riss sie ein paar feine Streifen Zeitungspapier aus dem Lokalteil.

„Dann werde ich eben zuerst meinen Kaffee trinken", entschied Alex trotzig.

Doch kaum hatte er die duftende Tasse an die Lippen gesetzt, verlegte sich der kleine Quälgeist darauf, intensiv an seinen Händen entlang und an seiner Nase vorbeizustreichen, wobei er klagend miaute und deutliche Spuren auf dem Toast hinterließ. Schließlich musste Alex heftig nießen und konnte die Tasse nicht mehr rechtzeitig abstellen, sodass Kaffee auf den köstlich knusprigen Toast schwappte. Dort sammelte er sich in den Pfotenabdrücken.

„Ein gemütliches Frühstück sieht anders aus", seufzte Alex, leicht demoralisiert.

Es reichte ihm jetzt. Er nahm die Katze und stellte sie auf den Boden. „Schluss jetzt!", sagte er.
Sofort marschierte die kleine Katze unter triumphierendem Miauen aus dem Zimmer, mit hochgestelltem Schwanz, wie ein Fremdenführer, der seinen Regenschirm hochhält, um seine Gruppe zusammenzu-halten.

Der Lärm in der Küche ließ Alex nichts Gutes ahnen. Er trottete hinterher.
„Ist ja gut, du hast gewonnen", sagte er lachend.

Der Fremde

Der Aufruf des Bürgermeisters kam der jungen Bäuerin gerade recht: „Wer bereit ist, Flüchtlinge bei sich aufzunehmen, bitte im Gemeindeamt melden!"

Es war Hochsommer und das Getreide wartete darauf, geerntet zu werden, doch ihr Mann fiel für Wochen aus. Ausgerechnet jetzt hatte er sich bei einem Unfall mit dem Traktor ein Bein und einen Arm gebrochen.

Der Bürgermeister wusste eine Lösung: „Ich habe einen jungen kräftigen Burschen für euch. Er kommt aus Afghanistan, hat in Kabul Landwirtschaft studiert und spricht Englisch – und sogar etwas Deutsch!", sagte er zur Bäuerin, als diese im Gemeindeamt vorsprach.

„Das wäre ja die ideale Lösung", erwiderte sie erfreut.

Am nächsten Tag kam der junge Mann in Begleitung des Bürgermeisters auf den Hof.

„Das ist Navid", stellte ihn der Bürgermeister vor.

Als die junge Frau ihn sah, begann ihr Herz schneller zu schlagen. Er sah gut aus, war groß und gut gebaut, hatte kohlschwarze Augen und einen dunklen Teint. Sein schlankes Gesicht umrahmten schwarze Haare und ein Bart an Oberlippe und Kinn, der mit ein paar weißen Haaren meliert war. Lässig hatte er ein Tuch um den Kopf geschlungen.

Auch Navid konnte kaum den Blick von der Bäuerin lassen.

Er lebte sich gut auf dem Hof ein. Manches am bäuerlichen Alltag war hier anders als Navid es aus seiner Heimat kannte, speziell der Umgang mit den Maschinen, doch er lernte schnell. Weil es so viel Arbeit gab, verbrachten die Bäuerin und Navid den ganzen Tag auf den Feldern und im Stall. So lernten sie einander immer besser kennen, während den Bauern, der sich nur im Haus ein wenig nützlich machen konnte, die Eifersucht zu plagen begann. So froh er über die Hilfe war, er hatte auch bald bemerkt, dass der Fremde Gefallen an seiner Frau gefunden hatte und dass diese Sympathie nicht nur einseitig war.

Immer wieder sah die Bäuerin verstohlen zu Navid hinüber, wenn sie gemeinsam arbeiteten. Sein nackter muskulöser Oberkörper hatte es ihr angetan.

Navids schwarze Augen wiederum suchten ständig Blickkontakt, seine Hände immer nach einer Gelegenheit, sie zu berühren. Bei jedem seiner Blicke glaubte sie zu verbrennen. Jede seiner Berührungen ließ sie erschauern. Eines Tages kam es, wie es kommen musste...

In der Scheune zog sie ihre verschwitzte Bluse aus, da sie etwas am Rücken juckte. „Navid, kannst du einmal schauen?", forderte sie ihn auf. Er trat dicht hinter sie und ergriff mit beiden Händen ihre prallen Brüste. „Ich sehe nichts. Nur dich", hauchte er ihr ins Ohr. Da war es um sie geschehen: Willenlos gab sie sich ihm hin.

Von da an konnte die Bäuerin an nichts anderes mehr denken, fand tagsüber keine Ruhe und schlief keine Nacht durch.

Navid bedrängte sie noch dazu wieder und wieder. „Wie schön wäre es für uns beide, wenn dein Mann nicht wäre", flüsterte er ihr im Vorbeigehen zu. Sie war entsetzt, und dennoch: Ihr selbst war schon der absurde Gedanke gekommen, was wäre, wenn …?

Gelang es ihr endlich einzuschlafen, kam derselbe Albtraum immer wieder.

Sie ging nachts in die Küche, fand dort ein im Mondlicht glänzendes Messer und rammte es dem schlafenden Ehemann ins Herz.

Navid, für den sie nun frei war, lachte.

Nach drei Wochen war der Bauer soweit, wenn auch nur humpelnd und mit Krücken, dass er sich freier bewegen und längere Strecken zurücklegen konnte.

An einem besonders heißen Tag im August sagte er zu seiner Frau: „Ich muss nachsehen, welche Schäden der Borkenkäfer angerichtet hat!" – „Passt ja auf!", ermahnte sie die beiden. Ihr Blick blieb aber an Navid hängen. „Keine Sorge, es geht schon", antwortete ihr Mann. Navid stützte ihn, als er mit großer Mühe auf den Notsitz des Traktors auf dem Kotflügel kletterte.

Als sich Navid dann auf den Fahrersitz schwang, glaubte die Bäuerin in seinem Hosenbund für einen Augenblick etwas im Sonnenlicht blitzen zu sehen. Unwillkürlich wich sie zurück. Verworrene Bilder tauchten vor ihren Augen auf, genau wie in ihren Träumen. Stunden der Angst folgten.

Immer wieder hielt sie Geräusche aus dem Stall, das Schnarren eines Vogels, ein in der Ferne dröhnendes Flugzeug für den Motorenlärm des zurückkehrenden Traktors und eilte vor das Haus. Endlich tauchte das Gefährt an der Wegbiegung auf, und nur Navid saß darauf. Sie wusste sofort, was geschehen war.

„Navid!", schrie sie. Navid sprang vom Traktor und nahm sie in die Arme. Die junge Frau zitterte am ganzen Körper.

„Navid, Navid", klagte sie immer wieder, „Was hast du getan?" – „Ich habe es für uns getan", erwiderte er.

Die Bäuerin stieß ihn von sich und wollte ihm nicht mehr in die Augen sehen, und doch konnte sie es kaum erwarten, die erste Nacht mit ihm zu verbringen.

Kaum war sie danach eingeschlafen, war der Albtraum wieder da, schlimmer als je zuvor. Grinsend in der Türe zum Schlafzimmer stand ihr Mann mit blutverschmierten Fingern, die einen Dolch umklammerten, dessen Klinge blitzte. Navids Dolch? Dann vor dem Bett, in dem Navid neben ihr schlief. Der Bauer stieß ihm den Dolch ins Herz. Doch sie war schon auf dem Weg in die Küche, ein Messer holen...

Schweißgebadet fuhr sie im Bett hoch. „Hört denn das nie auf!", keuchte sie und drehte sich zu Navid um.

Anscheinend schlief er friedlich. Sie stand auf und schob den Vorhang zur Seite. Der blasse Mondschein fiel auf Navids Gesicht. Es war starr und atmete nicht. Aus seinem Herzen ragte der Dolch. Aus der Wunde sickerte langsam das Blut.

Sie schrie, schrie, schrie, bis sie in Ohnmacht fiel.

Der Saunabesuch

Wie jedes Jahr machten sich Herbert und Karl auf, gemeinsam ein „Wanderwochenende" zu verbringen. Herbert hatte das Quartier gebucht, ein kleines, aber sehr gepflegtes Hotel mit Sauna, und am Freitag nach Büroschluss ging es los.

Sie standen an der Rezeption, um einzuchecken, da hörten sie hinter sich eine Stimme, die ihnen bekannt vorkam. „Guten Tag, die Herren! Was für ein Zufall!"
Es war Susanne, die junge, gutaussehende Praktikantin, die seit einer Woche in Herberts Firma arbeitete, in der Karl Abteilungsleiter war.
„Ja – Su – sanne – Sie?", stammelten beide

synchron. Wie bei Männern üblich, hatten sie in der Firma des Öfteren über die „Neue" zu schwärmen begonnen, „Wären wir nicht in leitenden Positionen und – naja – glücklich verheiratet, die Kleine wäre wohl eine Sünde wert", hatten sie sich unisono ausgemalt.

Susanne jetzt unverhofft privat zu begegnen raubte ihnen ein wenig die Fassung. Aber es blieb natürlich bei einigen allgemeinen Konversationsfloskeln, und dann wünschten sie einander einen schönen Aufenthalt.

Die beiden Herren beschlossen, das Angebot des Hauses zu nutzen und gleich in die Sauna zu gehen. Die Sauna sei in Betrieb, erfuhren sie an der Rezeption. Und außerdem wenig frequentiert, wie ihnen der Hotelbesitzer mit Bedauern in der Stimme versicherte.

Karl war froh darüber. Wer war schon interessiert, die meist viel zu wohlgenährten Körper der anderen Hotelgäste zu sehen, zwar nackt, aber sonst längst nicht mehr so, wie Gott sie wahrscheinlich vor über 50 Jahren geschaffen hatte.

Er musste zwar ohnehin die Brille draußen ablegen, daher war es ihm egal, der Gedanke, selbst so gesehen zu werden, war ihm allerdings unbehaglich.

Was das Saunieren betraf, waren beide blutige Anfänger.

Herbert öffnete die Tür der Saunahütte und ließ Karl den Vortritt, der aber erst einen kurzen Blick in die Runde machen wollte, bevor er die ihm etwas unheimliche Höhle betrat, sodass Herbert, der damit nicht gerechnet hatte, von hinten auf Karl auflief.

„Hallo! Reinkommen oder draußen bleiben, aber Tür zumachen!", tönte es energisch aus der Saunahütte.

„Susanne?"

Damit hatten die beiden nicht gerechnet. Herbert und Karl blieben wie versteinert in der offenen Tür stehen.

„Hallo, dürfen wir?", stotterte Karl.

„Sie dürfen nicht nur, Sie müssen, rein oder raus."

„Gut, dann kommen wir rein", sagte Herbert und schob Karl vor sich her.

Jetzt bedauerte Karl, seine Brille draußen abgelegt zu haben. Aber er sah auch ohne Brille genug, und ihm schossen ganz andere Gedanken durch den Kopf als die eher säuerlichen, die kurz zuvor in ihm aufgestiegen waren. Vor ihnen saß Susanne, wie Gott sie an seinem besten Tag erschaffen hatte.

Verlegen wie zwei Knaben, die beim Schummeln erwischt wurden, setzten sich die Herren auf die oberste der vier Bänke. Die Handtücher ließen sie natürlich um.

„Der Besitzer hätte uns aber auch vorwarnen können", sagte Karl leise. „Ich bleibe hier hocken, bis sie aufsteht. Erstens sehe ich auch ohne Brille, dass sie scharf wie eine Rasierklinge ist. Und zweitens, weil ich nicht garantieren kann, dass meine Weichteile lange weich bleiben."

„Und außerdem werden wir wohl nie wieder die Chance bekommen, diesen entzückenden Rücken mit dem anschließenden

prächtigen Hinterteil ohne störende Stoff-
hülle zu sehen", ergänzte Herbert.

„Und?", durchbrach Susanne die Träumerei
der beiden. „Was hat Sie hierher verschla-
gen?"

„Wir sind zum Wandern hergekommen",
sagte Herbert.

„Wie schön", antwortete sie.

„Und Sie?" wollte Karl wissen.

„Morgen früh kommt mein Freund, und wir
machen uns ein gemütliches Wochenen-
de", erwiderte Susanne lächelnd. „Aber
vielleicht sieht man sich ja morgen Abend
wieder in der Sauna?"

„Ja, gerne …", platzte Herbert heraus, doch
weiter kam er nicht. Karl stieß ihn in die
Seite und sagte schnell und lauter als nötig:
„Mein Sohn kommt ganz überraschend aus

– äh – Kanada zu Besuch und ich muss leider morgen nach dem Frühstück gleich wieder nachhause. Ja, leider, gerade vorhin hat meine Frau angerufen", und räusperte sich theatralisch.

„Tatsächlich? Wie schade", fand Susanne.

„Kanada?" Herbert schaute Karl fragend an und schüttelte den Kopf. Der stieß ihn nochmals an. „Ja, schade!", sagte Herbert dann, wenig überzeugend.

Karl kam Susannes Schmunzeln auch ein wenig seltsam vor. Jetzt wurde es beiden noch unangenehmer, so in ihre Handtücher eingewickelt zu schwitzen.

Endlich erlöste sie Susanne. Wie es Frauen schaffen, gleichzeitig aufzustehen und mit einer Bewegung ein Handtuch über ihren Alabasterkörper zu wickeln, wird Männern immer ein Rätsel bleiben.

„Dann sehen wir uns ja vermutlich morgen beim Frühstück", sagte Susanne und verließ die Sauna.

Kaum war sie draußen, fielen Herbert und Karl wie Aufblasfiguren, denen die Luft ausgeht, in sich zusammen.

„Was war denn das?", fragte Herbert, erleichtert, seinen Bauch nicht mehr einziehen zu müssen.

„Du lieber Schwan, was für ein Körper! Keine Beulen, keine Dellen", sinnierte Karl.

„Keine was?"

„Orangenhaut!"

„Ach so", lachte Herbert.

„Und was sollte das mit deinem Sohn?", fragte er dann.

„Na, du glaubst doch nicht, dass ich mir das noch einmal antue", erwiderte Karl.

„Das nächste Mal sag einfach die Wahrheit oder warn mich bitte vor", grinste Herbert.

Beide konnten es kaum erwarten, am nächsten Morgen Susanne beim Frühstück zu treffen. Zu neugierig waren sie, ob und wie ihr Zusammentreffen in der Sauna auf sie gewirkt hatte.

Als sie den Speisesaal betraten, saß Susanne schon an einem der Tische. Ihr gegenüber ein junger Mann, der ihnen den Rücken zukehrte.

Sie bemerkte die beiden und winkte ihnen lebhaft zu.

„Guten Morgen", grüßte sie, nachdem sich Herbert und Karl an einigen Tischen vorbei zu ihr durchgeschlängelt hatten. Der junge Mann drehte sich zu ihnen um. Karl wurden schlagartig Mund und Kehle trocken.

„Manfred?", japste er.

„Papa!", rief der andere und lachte.

„Du bist …?", krächzte Karl.

Susannes Freund war sein Sohn.

„Da muss ich euch ja offenbar nicht mehr vorstellen", kicherte Susanne.

Herbert seufzte.

„Und ich erfahre wieder einmal alles als Letzter!"

Die Stille

Am Vortag spätabends war Henry mit einem Taxi vom Flughafen an seinem Urlaubsdomizil angekommen, einem Bungalow auf der griechischen Halbinsel Peloponnes.

Der Hausbesitzer hatte ihn erwartet, die Begrüßung war herzlich gewesen.

Doch die Einladung zu einem Gläschen Ouzo hatte Henry ablehnen müssen, stattdessen ging er schlafen, zu müde war er von der Anreise.

Zeitig in der Früh trat er hinaus auf die Terrasse.

„Endlich!", sagte er.

Langsam stieg Henry die wenigen Stufen

hinab, die von seinem Bungalow hinunter zum Strand führten. Er schloss die Augen und atmete tief die frische Morgenluft ein.

„Was für eine herrliche Stille!", sagte er. Nur das Meer warf leise seine Wellen an den Strand. Sonst kein Laut.

Eben deshalb, wegen dieser ganz besonderen Stille, liebte Henry diesen Ort. Die Sonne schickte ihre ersten rotgoldenen Strahlen über den Bergrücken im Osten. Vor wenigen Wochen war er in Pension gegangen, und nichts wünschte er sich sehnlicher, als es sich hier endlich ein paar Wochen lang gut gehen zu lassen und diese Stille zu genießen.

Viele Jahre verbrachte er hier schon seine Urlaube. Aus beruflichen Gründen meistens nicht länger als 14 Tage im Jahr, was er immer sehr bedauert hatte. Nach langer Suche hatte er damals dieses Quartier gefunden, abseits der Touristenpfade. Ein kleiner Kiesstrand, begrenzt durch Felsen, ein Bungalow mit direktem Zugang zum Meer. Ein Juwel. Henry und der Besitzer waren über die Jahre schon gute Freunde geworden.

Eine halbe Stunde schwimmen vor dem Frühstück war ein Ritual, das er nicht mehr missen wollte.

Der Besitzer wohnte gleich neben dem Bungalow und winkte Henry zu, als er ihn am Strand sah. „Hallo Henry, kali mera", rief er hinunter.

Henry drehte sich um, winkte und rief zurück: "Guten Morgen!"

Langsam und vorsichtig stieg er ins Wasser, wegen der Steine. Spiegelglatt präsentierte sich das Meer. Henry schwamm mit kräftigen Zügen einige Meter, drehte sich dann auf den Rücken und ließ sich treiben.

Er schloss die Augen. Genau so hatte er sich den Beginn seiner Pension vorgestellt.

Plötzlich riss ihn Motorenlärm aus seinen Träumen.

Entsetzt sah er ein Motorboot immer größer werden, das mit irrsinniger Geschwindigkeit auf ihn zuraste.

„He! …" wollte er schreien, doch es war zu spät.

Der Besitzer des Bungalows wurde ebenfalls vom Motorenlärm aufgeschreckt, da sonst nie ein Fahrzeug so nahe an den Strand kam.

Das Boot verschwand so schnell, wie es aufgetaucht war. Als sich die Wellen gelegt hatten und das Meer wieder glatt war, sah er von Henry keine Spur.

Entsetzt lief er zum Strand hinunter.

„Henry! Henry!", rief er verzweifelt.

Doch da war nur Stille, nichts als diese entsetzliche Stille.

Ein Sommerabend

Elvira saß am offenen Fenster und blickte in den Garten.

Es war ein schwüler Sommerabend, sie hatte ihre Bluse leicht geöffnet. Der laue Wind, der in das Zimmer wehte, spielte mit ihren langen, blonden Haaren. Sie hatte die Augen geschlossen, als Marcus leise das Zimmer betrat. Eine ganze Weile betrachtete er sie, dann näherte er sich langsam, trat hinter sie und legte beide Hände über ihre Augen.

„Du!", flüsterte Elvira. Marcus empfand ihre Erregung und spürte ihren Atem, ihre Brust, die sich hob und senkte. Sanft zog er ihren Kopf nach hinten und küsste sie zärtlich auf den Mund.

Elvira wollte aufstehen. „Nein, mein Engel, bleib so", flüsterte er ihr ins Ohr. Dabei glitten seine Hände langsam nach unten, öffneten ihre Bluse und zogen die Ränder zur Seite, sodass ihre Brüste frei waren, nur bedeckt vom warmen Licht der Abendsonne.

Marcus kippte ihren Stuhl weiter nach hinten, beugte sich über Elvira und küsste ihre Brüste. Er fühlte, wie ihre Erregung wuchs. „Komm, mein Engel", flüsterte er und hob sie sanft aus dem Stuhl.

Elvira ließ die Augen geschlossen, sie fühlte nur, wie sie getragen und auf dem Bett abgesetzt wurde und wie zärtliche Hände sie behutsam auszogen.

„Wie schön du bist, mein Engel", hörte sie ihn flüstern. Deine Haut ist so rein wie Papier." Und sie fühlte, wie er mit seinen

Händen zärtliche Liebesworte darauf schrieb.

Da wurde die Wohnungstüre aufgesperrt.
Hannelore blickte kurz auf den Wecker.
Wieder einmal 3 Uhr.
Sie klappte das Buch zu, in dem sie gerade gelesen hatte, und drehte die Nachttischlampe ab.

„Na, schläfst du schon?", hörte sie ihren Mann sagen, als er in das Zimmer polterte. Eine Alkoholfahne wehte ihr entgegen, und als er im Bett lag, griff sofort seine Hand nach ihr. Angewidert drehte sie sich zur Seite.
„Hab dich nicht so, bist ja sonst nicht so schüchtern, hört man", sagte er und packte fester zu.

Hannelore riss sich los, stürmte aus dem Schlafzimmer und schloss sich im Kinderzimmer ein. Seit einigen Jahren spielten sich solche Szenen regelmäßig ab.

Sie hörte ihn noch eine Weile mit sich selbst reden, dann war er irgendwann eingeschlafen – endlich.

„Nur noch ein paar Stunden", murmelte sie erschöpft.

Um 10 Uhr hatte sie einen Termin beim Scheidungsanwalt.

Der Jaguar

Ilse konnte nicht schlafen. Sie wälzte sich im Bett von einer Seite auf die andere. Schließlich stand sie auf, ging zum Fenster und blickte hinunter auf die Straße.

Kein Mensch weit und breit, nur der Wind trieb totes Laub vor sich her. Ein Gewitter zog auf. Dunkle Wolken am Himmel jagten dahin – Licht und Schatten tanzten im Zimmer einen Reigen. Die ersten Regentropfen trommelten an die Fensterscheiben.

„Was für eine Nacht", seufzte sie. Sie musste versuchen, etwas zu schlafen. Morgen hatte sie einen wichtigen Termin, ein Vorstellungsgespräch. Sie sollte daher ausgeschlafen sein. Der Regen wurde stärker. Ein Blitz zuckte bereits am Nachthimmel, gefolgt vom dumpfen Grollen des Donners. Schon wollte sie zurück ins Bett gehen, als ein Auto in die Straße einbog. Es war ein Oldtimer, den sie sofort erkannte, ein roter Jaguar E, Baujahr ungefähr 1965, das Lieblingsauto ihres Vaters, der sie schon früh mit seiner Oldtimerleidenschaft angesteckt hatte.

Sie blickte auf die Uhr: fünf nach zwei.

Ihrem Haus gegenüber lag ein kleiner Park, und sie konnte von ihrem Schlafzimmerfenster aus einen der Zugänge sehen. Der Wagen hielt genau davor. Eine Frau und ein Mann stiegen aus.

„Die werden doch nicht bei diesem Wetter in den Park gehen?", wunderte sie sich. Der Mann spannte einen Regenschirm auf, was

bei diesem Wind eine kleine Herausforde-
rung war, und die beiden betraten eng umschlungen den Park. Ilse schüttelte den
Kopf. Bei diesem Wetter? Sie konnte es
nicht fassen.

An Schlaf dachte sie nicht mehr, sie war viel
zu neugierig: Wie lange würden die beiden
wohl im Park bleiben? Was taten sie überhaupt dort?

Nach einer Ewigkeit, wie ihr vorkam, in der
das Unwetter tobte und ihr überreiztes
Hirn die wildesten Szenarien durchspielte —
trieben es die beiden etwa besonders gern
bei Gewitter im Freien? Oder hatte er ihr
nur schön getan und vergewaltigte und er-
würgte sie gerade? Oder vergrub eben ihre
Leiche? — ließ ein Blitz die Straße taghell
aufleuchten. In dieser Sekunde sah sie den

Mann wieder bei seinem Auto, allein. Er stieg ein und fuhr davon. Ilse erstarrte. Als harmlose Erklärung erschien ihr, dass der Mann die Frau durch den kleinen Park nachhause gebracht hatte. Aber warum hielt er bei diesem Wetter nicht direkt vor ihrem Haus? War sie mit ihren Phantasien vielleicht doch nicht so weit entfernt von der Wahrheit? Sie wusste nicht, was sie tun sollte.

Die Polizei anrufen? Diesen Gedanken verwarf sie gleich wieder, niemand würde sie ernst nehmen. War sie tatsächlich Zeugin eines Verbrechens geworden? Jetzt machte sie sich Vorwürfe. Sie hätte hinunter gehen und die Autonummer notieren sollen. Sie beschloss, vorerst nichts zu unternehmen und abzuwarten. Sollte man nach Zeugen suchen, konnte sie sich ja immer noch melden und der Polizei ihre Beobachtungen mitteilen. Sie ging wieder ins Bett und versuchte sich zu beruhigen.

„So viele rote Jaguar E aus den 60er-Jahren wird es wohl in der Stadt nicht geben", sagte sie sich. „Da wird meine Beobachtung sicher weiterhelfen." Ihr half es nicht viel. Immer wieder sah sie die Frau in den unterschiedlichsten Notlagen vor sich. Irgendwann musste sie dann doch eingeschlafen sein, denn das Läuten des Weckers riss sie um halb sieben aus einem unruhigen Traum.

„Jetzt muss ich mich aber beeilen, um 10 Uhr habe ich den Termin", trieb sie sich selbst an.

Alles lief wie am Schnürchen. Einige Minuten vor 10 bog Ilse mit ihrem Auto auf den Parkplatz der Firma ein. Sie trat so heftig auf die Bremse, dass der Sicherheitsgurt blockierte und ihr schmerzhaft in die Taille schnitt.

Da stand der Jaguar von heute Nacht, kein Zweifel. Ilse begannen die Knie zu zittern. Ihr nächtliches Erlebnis und die Nervosität vor dem Vorstellungsgespräch forderten ihren Tribut. Doch es half nichts, sie musste den Jaguar vergessen und sich auf ihr Vorhaben konzentrieren.

Die Chefin der Firma, eine sehr nette, attraktive Dame, begrüßte sie herzlich.

Nach dem üblichen geschäftlichen Frage- und Antwortspiel lenkte sie das Gespräch auf die private Ebene.

„Ich sehe in Ihren Unterlagen ... Sie wohnen in der Parkstraße, so ein Zufall! Wir haben in der Angerstraße eine kleine Wohnung, auf der anderen Seite des Parks. Mein Mann und ich übernachten dort manchmal, wenn es zu spät wird, heimzufahren. Eigentlich wohnen wir außerhalb der Stadt", erzählte sie.

In diesem Moment öffnete sich die Tür und ein junger gutaussehender Mann kam ins Büro.

„Darf ich Ihnen Herrn Huber vorstellen, unseren Geschäftsführer ", sagte die Chefin. Der reichte Ilse die Hand.

„Guten Tag", sagte er.

„Angenehm ..." Sie berührte seine Hand kaum.

„Sie sind so blass, ist Ihnen nicht gut?", fragte er besorgt.

„Es geht schon, ich bin noch ganz durcheinander ... wegen dem Jaguar", sagte sie.

„Welchem Jaguar?", fragte die Chefin

schmunzelnd.

„Unten ... auf Ihrem ... Parkplatz", stotterte Ilse. „Ich habe genau so einen Jaguar heute Nacht von meinem Fenster aus vor dem Park gesehen."

„Das ist mein Auto", sagte der Geschäftsführer überrascht. Erschrocken fuhr Ilse zurück.

„Dann sind Sie der – "

Ilse konnte es nicht aussprechen. Sie sah die Chefin an, deren Gesicht plötzlich die Farbe der roten Rosen annahm, die auf dem Tisch standen.

„Danke, Herr Huber, ich rufe Sie später", verabschiedete sie rasch den Geschäftsführer.

„Auf Wiedersehen", murmelte der, zu Ilse gewandt, und verließ verdattert den Raum. Langsam sickerte es bei Ilse. Sie begann eins und eins zusammenzuzählen: Parkstraße, Angerstraße, Jaguar, Geschäftsführer, ...

Auch die Chefin hatte sich wieder unter Kontrolle.

„Sie haben den Job. Wann können Sie anfangen?"

Endlich geschafft

Sie stellte ihre Reisetasche im Stiegenhaus ab, blickte noch einmal durch die offene Türe zurück in die Wohnung und sagte: „Geschafft!"

Ging aber noch einmal kurz zurück und rückte die Blumenvase auf der Kommode im Vorzimmer zurecht. Dann verließ sie endgültig die Wohnung und schloss die Türe ab.

Auf dem Weg zum Aufzug atmete sie tief ein. Endlich vorbei: die ewigen Nörgeleien wegen ihrer angeblich gesteigerten Putzsucht, die ständigen Streitereien, wenn ihr Mann spätabends besoffen heimkam. Endlich vorbei die brutalen Griffe und Schläge, wenn er Sex wollte.

Langsam fuhr der Fahrstuhl in die Tiefe. Ein kritischer Rundblick in der Kabine: Hier könnte der Hausbesorger auch wieder einmal Staub wischen, fand sie.

Das Taxi wartete schon vor dem Haus. Ein gemütlich wirkender älterer Mann stieg aus und griff nach ihrer Reisetasche, doch sie warf diese auf den hinteren Sitz und stieg sofort ein.

„Zum Flughafen", sagte sie, noch ehe der Fahrer sein behäbiges „Na, junge Dame, wo soll's denn hingehen" fertig sagen konnte. Während der Fahrt blickte er immer wieder kurz in den Rückspiegel.

Etwas blass und unruhig, die Dame, dachte er. Er versuchte ein Gespräch anzufangen, doch sie schien daran nicht sonderlich interessiert, so ließ er es sein.

Sie blickte links, dann wieder rechts aus dem Fenster. Es kam ihm vor, als wollte sie alles in sich aufsaugen.

Unvermittelt nahm sie etwas aus ihrer Handtasche und lächelte.

„Mein Flugticket!" Sie zeigte es dem Fahrer.

„Wie schön, wo geht es denn hin?", fragte er, erstaunt über ihre plötzliche Gesprächigkeit.

„In die Freiheit", antwortete sie kryptisch. Komisch, dabei hat sie doch nur eine kleine Reisetasche, sinnierte er. Er wurde aber durch den dichten Verkehr vor dem Flughafen, der seine ganze Aufmerksamkeit verlangte, von weiteren Überlegungen abgelenkt. Vor der Abflughalle herrschte das übliche Chaos. Zusätzlich wimmelte es von Polizisten. Der Fahrer fand einen für Taxis reservierten Parkplatz und ließ sie austeigen. Während sie sich mehrmals umschaute, ängstlich, wie er zu bemerken glaubte, und hastig bezahlte, meinte er: „Die suchen bestimmt wieder jemanden!"

Sie griff nach ihrem Gepäckstück und rannte in die Halle. Sein „Gute Reise!" hörte sie schon nicht mehr.

Sie musste sich nicht beim Check-In anstellen, das hatte sie schon am Vorabend am Computer erledigt. Ihre kleine Reisetasche konnte sie als Handgepäck mitnehmen. Also ging sie gleich zur Passkontrolle.

Sie hatte sich bei diesen Kontrollen, die an sich Routine waren, immer unbehaglich gefühlt. Stets mit der – immer unbegründeten – Angst gekämpft, die Beamten könnten etwas finden, das sie in Schwierigkeiten brachte. Doch diesmal blieb sie wider Erwarten völlig ruhig, als die Beamtin ihren Pass nicht nur einmal, sondern ein weiteres Mal prüfte.

„Ihr Pass läuft bald ab", mahnte sie. „Bei Flugreisen ins Ausland kann das zu Problemen führen. Lassen Sie ihn sofort verlängern, wenn Sie wieder da sind."

Die Sicherheitskontrolle verlief, mit Ausnahme der üblichen Warteschlange, reibungslos. Sie nahm schließlich im Wartebereich des Gates Platz.

Noch einmal nahm sie ihre Reisedokumente zur Hand. Alles vorhanden, Ticket über Paris nach Costa Rica, Boardingpass …

„Achtung, ein Personenruf", tönte es aus dem Lautsprecher. Für einen Moment blieb ihr fast das Herz stehen.

Alles vergebens? Aus und vorbei?

„Herr Mayer Herbert, bitte zur Information Terminal 1!"

Sie seufzte erleichtert.

Es hätte sie auch gewundert, wenn man sie so schnell gefunden hätte. Sie hatte doch alle Spuren penibel beseitigt. Sie hörte förmlich die Leute von der Spurensicherung zum Kommissar sagen:

„Leider, hier war ein Profi am Werk. Alles blitzsauber."

Der Roboter

Heute war er dran. Einmal in der Woche musste er laut Plan der „besten aller Ehefrauen" das Wohnzimmer sauber machen. Sie machte an solchen Tagen immer Besorgungen in der Stadt.

Nachdem er unter Qualen und Mühen einen Teil des Zimmers staubgesaugt hatte, brauchte er eine Pause.

„Jetzt dringend einen Kaffee", sagte er erschöpft. Er, der am liebsten die Wohnung als „Smart Home" ausgestattet hätte, um alles bequem von der Couch aus steuern zu können, musste in die Küche latschen und direkt am Kaffeeautomaten umständlich eine Tasse einstellen und einen Knopf drücken, um sein geliebtes Gebräu zu bekommen. Die Wasserstandanzeige leuchtete. „Nicht auch noch Wasser nachfüllen", meckerte er. Aber wenigstens diesen Automaten hatte er seiner besseren Hälfte schon einreden können. Die noch viel umständlichere Zubereitung eines Filterkaffees war ihm schon lange auf die Nerven gegangen, obwohl das natürlich Aufgabe seiner Frau war.

Ihr waren die neuen digitalen Gimmicks ein Gräuel. Was nicht genauso funktionierte wie schon vor Jahrzehnten, betrachtete sie mit Argwohn. Es gab regelmäßig Auseinandersetzungen, wenn er sie überreden wollte, sich von einer ihrer alten Haushaltsmaschinen zu trennen: „Gib doch den alten Kram endlich zum Sperrmüll! Alles, was älter ist als drei Jahre, nimmt etwas Besserem den Platz weg!"

Endlich hatte er es geschafft, gemütlich setzte er sich auf die Couch, um genüsslich seinen Kaffee zu schlürfen. Aber da fehlte ja noch etwas. Der Fernseher lief nicht. Erschöpft von der anstrengenden Hausarbeit und dem Hantieren am Kaffeeautomaten, erhob er sich noch einmal stöhnend, um ihn einzuschalten. Wieder so eine unnötige Arbeit. Das Gerät durfte ja nicht auf „Standby" stehen: „Das kostet nur unnötig Geld", sagte seine „Madam" immer. Er seufzte. „Wäre auch zu schön gewesen, ihn von der Couch aus einschalten zu können!"

Im Fernsehen lief gerade die Werbung für einen Staubsaugerroboter.

„Das ist es!"

Trotz seiner Müdigkeit sprang er auf, sauste ins Vorzimmer, nahm die Autoschlüssel und ab ging es in das Elektrofachgeschäft im Ort.

„Ich brauche dringend einen Staubsauger-roboter", sagte er zum Verkäufer.

Der zeigte und erklärte ihm die Vor- und Nachteile der drei Modelle, die er führte. Die Wahl fiel auf das Gerät, das nicht nur eine Fernbedienung hatte, sondern auch über eine App gesteuert werden konnte.

„Wenn schon, denn schon", sagte er lächelnd zum Verkäufer.

„Den können Sie sofort benutzen, ich habe gestern den Akku aufgeladen, da ihn ein Kunde hier im Geschäft testen wollte", sagte der Verkäufer. „Oder wollen Sie ihn auch vorher testen?"

„Nein, nein, den nehme ich sofort."

Zuhause packte er das Gerät aus, stellte es im Wohnzimmer auf den Boden und wuchtete sich wieder auf die Couch.

Der Kaffee war inzwischen kalt geworden. Aber jetzt war ohnehin der Roboter interessanter. Die Bedienung war wirklich denkbar einfach, mit der beiliegenden Fernbedienung ein Kinderspiel.

Er stellte das Automatikprogramm ein und ließ das gute Stück arbeiten. Während er dem Roboter bei seiner Tätigkeit zusah, kam die Müdigkeit zurück. Ächzend erhob er sich, stieg über den surrenden, fahrenden und sich drehenden, saugenden Reiniger und schlurfte in die Küche. Schließlich brauchte er ja einen frischen Kaffee nach dieser Anstrengung.

Wieder auf der Couch, dachte er: Wie schön wäre es doch, sich auch den Kaffee bringen zu lassen!

„Bin wieder da!", hörte er die Stimme seiner Frau aus dem Vorzimmer. Sie schaute kurz ins Wohnzimmer und sah ihren Göttergatten auf der Couch sitzen und grinsen, mit einem Kaffeehäferl in der Hand.
Jetzt bemerkte sie erst den Roboter auf dem Boden. „Was ist denn das?", fragte sie misstrauisch. Sie kannte diese Art von Haushaltshilfen, hielt aber natürlich nichts davon.
„Ein Staubsaugerroboter! Wir müssen nie wieder staubsaugen!" erklärte er triumphierend.
„Wieder so ein elektronischer Schmarren, der nur Strom frisst", sagte sie wütend.

Seinen Einwand, dass das Gerät weniger Strom verbrauche als ihr alter Staubsauger, hörte sie nicht mehr, sie verschwand in der Küche, um ihre Einkäufe wegzuräumen. Nachdem die beiden einander, wie immer bei so kleinen Zwistigkeiten, einige Stunden angeschwiegen hatten und da sie sich langsam mit dem neuen Objekt des Elektronikwahns ihres Gatten abfand, sagte sie zu ihm: „Gehen wir auf den Hauptplatz, da soll ein ‚Henry-Laden' vom Roten Kreuz eröffnet haben!"

„Was für ein Laden?", knurrte er.

„Das Rote Kreuz verkauft dort gute und intakte Sachen, die gespendet wurden."

Widerwillig, aber um des lieben Friedens willen sagte er zu. Im Laden stöberte sie interessiert in alten Büchern. Er sah gelangweilt in der Gegend herum.

Da bemerkte er in einem Regal eine kleine Keramikfigur – eine nackte kniende Frau.

„Schau einmal", rief er seiner Frau zu und zeigte auf die Figur. „Haben wir nicht auch so eine?"

Sie blickte kurz auf und sagte: „Hatten, meinst du", als sie die Statuette sah.

„Wieso hatten?", fragte er.

„Weil ich sie vor einigen Wochen, zusammen mit anderen dieser Staubfänger, dem Roten Kreuz bei einer Sammlung gespendet habe", sagte sie. Sie kam näher und nahm die Figur in die Hand. Sie drehte sie um und erkannte an einer kleinen Marke am Sockel, dass es ihre war.

„Was für ein Zufall", lachte sie. „Das ist tatsächlich unsere Figur."

„Wieso hast du sie weggegeben, du weißt doch, wie sehr ich an so alten Dingen hänge. Die haben so etwas Nostalgisches – und außerdem haben wir sie von meinen Eltern geerbt", beschwerte er sich.

Er wandte sich an die Angestellte: „Wieviel kostet die Figur?"

„10 Euro."

„Kann ich mit dem Handy bezahlen?"

„Nein, leider nur in bar", sagte die Angestellte.

„Nicht einmal mit Kreditkarte oder Bankomatkarte?", fragte er ungläubig.

Er hatte so gut wie nie Bargeld in der Tasche, da er die elektronischen Zahlsysteme viel nützlicher fand. Die Angestellte bedauerte es. Diese Systeme seien zu teuer.

„Schatz, hast du einen Zehner?", fragte er seine Frau.

Die beste aller Ehefrauen schüttelte nur noch den Kopf. „Hoffentlich kannst du die

auch mit deinem Roboter abstauben?",
sagte sie zynisch.

Und kaufte die Figur zurück.

Lebensspuren

Ziellos schlenderte er in den Straßen umher. Hin und wieder blieb er vor einer Auslage stehen.

Die Sonne brannte über der Stadt, die Luft stand und flimmerte, die Häuser strahlten wie Kachelöfen. Die Touristen waren in die Kirchen und Museen geflüchtet, standen an den Eisdielen Schlange oder labten sich in klimatisierten Lokalen. Wer sonst hinaus musste, schlich im Schatten die Wände entlang, goss Wasser in sich hinein, transpirierte hemmungslos und kümmerte sich nicht mehr um die Schweißflecken. Doch ihm machte die Hitze trotz seines fortgeschrittenen Alters nichts aus – im Gegenteil. Er fühlte sich wohl in der Wärme.

Jetzt stand er vor dem Bahnhof. Die digitale Anzeige über dem Eingang zeigte: 10:30 ---- 36 Grad. „Da werde ich mir einen Kaffee gönnen", sagte er.

In der Bahnhofshalle herrschte der übliche Trubel. Menschen bewegten sich in alle Richtungen, um nur ja schnell von A nach B zu kommen, und blieben dann doch da und dort stehen, wo es etwas zu sehen, zu essen oder zu lachen gab.

Er fand einen Kaffeeautomaten, dann setzte er sich mit seinem Becher auf eine Bank auf einem der Bahnsteige und betrachtete das Geschehen. Er liebte es, Menschen zu beobachten.

Auf der Bank gegenüber, durch die Gleise von ihm getrennt, saßen zwei alte Menschen. Sie hielten einander an der Hand und schwiegen. Ob sie jemanden abholten oder wegfuhren?

Er sah ihnen weiter zu und hing seinen Gedanken nach, bis ihm ein einfahrender Zug die Sicht nahm.

Auf seinem Bahnsteig, eine Bank weiter vorne, saßen zwei junge Menschen, er und sie, offenbar ein Pärchen, beide ein Smartphone in der Hand, und schwiegen sich an. Seltsam, beide Paare machten irgendwie dasselbe, und doch war es ganz anders, sinnierte er.

Wenig später verabschiedete sich ein Pärchen voneinander, kurz angebunden, wie ihm schien. Der Mann ging weg, ohne sich umzudrehen. War er froh, dass sie wegfuhr?

Ein Zug nach dem anderen war eingefahren, um nach wenigen Minuten den Bahnhof wieder zu verlassen. Reisende kamen erwartungsvoll, andere wollten so schnell wie möglich wieder weg. Er schloss die Augen.

Seltsam, dass ich mich hier entspannen kann, dachte er. Etwas Unerwartetes ließ ihn die Augen öffnen.

Stille. Kein Zug auf den Gleisen. Die Bahnsteige für kurze Zeit fast menschenleer.

„Achtung, Bahnsteig 3: Der Zug von Rom nach Budapest wird aufgrund verspäteter Grenzübergabe 30 Minuten später eintreffen!" Diese Durchsage war schon öfter wiederholt worden, aber er hatte ihr bisher keine Beachtung geschenkt.

Rom, dachte er jetzt. Was wäre, wenn er in den nächsten Zug nach Rom steigen würde, um eine Zeit lang in die Vergangenheit auf Spurensuche zu fahren? Seine erste wahre Liebe hatte er dort kennengelernt.

Da fiel sein Blick auf ein junges Mädchen, das in einiger Entfernung an einer Säule des Bahnsteigs lehnte und etwas in einen Block schrieb oder zeichnete.

Sie sah immer wieder kurz zu ihm herüber. Neugierig geworden, wollte er aufstehen und zu ihr gehen, doch inzwischen hatte eine vielköpfige Reisegruppe den Bahnsteig erobert und besetzte nun die Bänke. Kaum war er hoffnungslos von Koffern und aufgeregt schwatzenden Menschen belagert, kam zum Glück schon der Zug aus Rom hereingefahren.

Die Reisegruppe stürmte vor zur Bahnsteigkante, nach wenigen Augenblicken begann das Gedränge der aus- und einsteigenden Fahrgäste.

Ein Dicker, eingehüllt von einer mit viel Knoblauch gewürzten Schweißfahne, wäre beinahe über seine Füße gestolpert. Dem vom Dicken geschwungenen Aktenkoffer konnte er durch Zurückziehen des Kopfes gerade noch ausweichen.

„Unverschämt!", rief er ihm nach. Kebap, schoss es ihm durch den Kopf. Das machte ihm den Rüpel nicht sympathischer. Er konnte den Geruch nicht ausstehen.

Mitten in diesem Gedränge stand plötzlich das junge Mädchen vor ihm.

Was für ein hübsches Ding, dachte er und sah in zwei hellblaue, freche Augen.

„Darf ich Ihnen das schenken?", fragte sie und reichte ihm lächelnd einen Zeichen-block. Erstaunt sah er auf den Block.

„Mir schenken?", fragte er. Er blätterte ihn schnell durch und sah zu seiner Überraschung hervorragend gezeichnete Porträts von alten Menschen. Die Spuren ihres Lebens leuchteten aus den Gesichtern.

„Ja, ihr habt sie euch schon verdient. – Ich muss ... einsteigen", sagte sie geheimnisvoll und verschwand in der Menge.

Verliebt

In Wien regnete es wie aus Gießkannen. Christine ging zum Fenster und schaute auf die menschenleere Straße. So mies wie das Wetter war auch ihre Laune.

Eben hatte sie die Post durchgesehen, ob das Antwortschreiben einer Firma, bei der sie sich beworben hatte, schon da war. Ja, aber wieder nur: „Wir bedauern …". Nichts als Absagen: zu alt, überqualifiziert, immer die gleichen Antworten. Sie hatte manchmal den Eindruck, die Firmen verwendeten dafür fertige Vorlagen, in die nur die Namen eingefügt wurden.

Nach ihrer Scheidung vor drei Jahren hatte sie auch noch ihren Job in der Firma ihres

Ex-Mannes verloren. Sie wollte einfach nicht glauben, dass eine Frau mit 52 Jahren, attraktiv, gebildet, in drei Sprachen in Wort und Schrift „verhandlungssicher", wie es so schön hieß, keinen Platz mehr in der Arbeitswelt finden konnte.

Nicht nur, dass sie Mann und Job verloren hatte, es hatten sich nach und nach auch alle Freunde von ihr abgewandt.

Die Einsamkeit war zu einem großen Problem geworden. Als sie noch berufstätig war, hatte sie regen Anteil am gesellschaftlichen Leben der Stadt genommen. Ausstellungen, Empfänge, Vernissagen und Konzertbesuche hatten ihre Freizeit ausgefüllt. Jetzt verkroch sie sich immer mehr in ihren vier Wänden und versank im Selbstmitleid.

Nur ihre Tochter Gabi besuchte sie, so oft es ging, und telefonierte fast täglich mit ihr.

Aber Gabi hatte selbst wenig Zeit, war verheiratet und hatte einen Job, bei dem es keine geregelte Arbeitszeit gab. Außerdem wohnte sie in Graz. Ursprünglich im Wiener Büro ihrer Firma beschäftigt, war sie der Liebe wegen in die Steiermark gezogen.

Das Telefon läutete.

„Hallo, Mama", tönte es aus dem Hörer.

„Hallo, meine Kleine", sagte Christine.

„Was ist los? Du klingst so müde?"

„Na ja, wieder eine Absage. Zum Heulen."

„Ach Mama, das wird schon", versuchte ihre Tochter sie zu trösten.

„Nein, mein Liebling, das wird nicht mehr. Aus und vorbei!", erwiderte Christine deprimiert.

Gabi überging die letzten Worte. „Warum ich anrufe – ich bin morgen in Wien, unsere

Firma gibt einen Empfang. Es kommen einige Geschäftsleute aus allen möglichen Ländern, da könnte ich vielleicht deine Sprachkenntnisse zur Unterstützung gebrauchen. Möchtest du mich begleiten?"

„Oh Gott, Kind, ich weiß nicht, ob das so eine gute Idee ist", sagte Christine.

Aber ihre Tochter ließ nicht locker. Die Einwände, die ihre Mutter vorbrachte, ließ sie nicht gelten. Schließlich willigte diese ein.

„Fein, ich hole dich morgen um 17 Uhr ab", meinte Gabi erleichtert. Anscheinend war es ihr doch wieder einmal gelungen, die Mutter von ihrem Schneckenhaus wegzulocken.

Der Empfang wurde in einem der renommiertesten Hotels der Stadt gegeben. Christine kannte solche Veranstaltungen von früher. Da galt es vorher eine Menge zu erledigen. Friseurbesuch, die passende Kleidung musste ausgesucht, eventuell ergänzt oder neu angeschafft werden. Ihre Stimmung besserte sich langsam, sie fand Freude daran, wieder so aktiv zu sein.

Am nächsten Tag war ihre Tochter pünktlich zur Stelle. Sie war froh, ihre Mutter gut aufgelegt zu sehen.

„Wow, du hast dich aber schick gemacht", stellte sie lachend fest.

„Es hat Spaß gemacht, wieder einmal zum Friseur zu gehen, und bei der Kosmetikerin war ich auch noch", erwiderte Christine.

„Im Hotel muss ich dem Chef unseres Wiener Büros helfen, die Gäste zu begrüßen", warnte Gabi ihre Mutter vor. „Ich bin wieder bei dir, wenn das Buffet eröffnet wird. Bis dahin bist du auf dich allein gestellt.

Meinst du, du schaffst das?"

Weit hab' ich's gebracht, dachte Christine, meine Tochter traut mir nicht einmal mehr zu, allein den Weg zu einem Empfang zu finden! Laut sagte sie aber nur: „Natürlich, kein Problem."

In der Empfangshalle des Hotels kam Christine an einem Mann vorbei. Sie war so fixiert von seinem Anblick, dass sie ihn nur anstarrte und nicht reagierte, als er sie anlächelte und freundlich grüßte. Beinahe wäre sie über die Stufe gestolpert, die zum Saal führte, in dem der Empfang stattfand.

Im Saal begrüßte gerade der Gastgeber die Eintretenden. Gabi und ein weiterer Angestellter der Firma standen neben ihm und wechselten ebenfalls jeweils ein paar Worte mit den Gästen.

Ein heller Glockenton ließ das fröhliche Brummen und Rauschen im Saal verstummen. Gabis Chef hielt eine Rede, die, wie er wohl wusste, humorvoll und vor allem kurz zu sein hatte, denn die Gäste warfen bereits begehrliche Blicke auf die spektakulären Aufbauten des Caterings im Saal nebenan. Deshalb lösten seine sehnlich erwarteten Worte: „Das Buffet ist eröffnet!" auch augenblicklich eine kleine Völkerwanderung aus.

Das Buffet war so international wie die Gäste. Von spanischen Tapas über griechische Mezzes mit Fisch oder Fleisch bis zu den üblichen belegten Brötchen gab es vielerlei Köstlichkeiten und dazu jeweils die landesüblichen Getränke.

Christine und Gabi füllten dezent ihre Teller und suchten einen freien Platz an einem der Stehtische. Dort standen bereits zwei Männer. Einen davon kannte Gabi, er war Kunde ihrer Firma. Nach einer höflichen Begrüßung stellte sie ihm ihre Mutter vor. Beim Anblick des anderen Mannes spürte Christine augenblicklich, dass sie rot wurde, und versuchte deshalb ein besonders unbeteiligtes Gesicht zu machen. Er war es gewesen, den sie am Eingang wie ein Kalb angeglotzt hatte, ohne auf seinen Gruß zu reagieren. Er tat nichts dergleichen und stellte sich als Jorgos Panakis vor.

Ein typischer Grieche, dachte Christine. Sie schätzte ihn Mitte 50, dunkelbraune Augen, graumelierte Haare.

„Darf ich Ihnen etwas zu trinken holen?", fragte er mit einer Stimme, die Christine sofort in ihren Bann zog.

„Gerne", antwortete sie.

„Für mich bitte ein Glas Rotwein!"
„Und für mich ein stilles Wasser", ergänzte
Gabi. Kaum hatte sich der Grieche in Richtung Buffet aufgemacht, als Gabis Chef auftauchte. Er benötige ihre Hilfe, meinte er.
Auch der Kunde entschuldigte sich, ließ
Christine allein am Tisch stehen und mischte sich unter die Gäste.

Na, das hätte ich auch zuhause haben können, dachte Christine für einen kurzen
Moment. Doch dann erschien Jorgos und
stellte ein elegantes Glas Rotwein vor sie
hin.

„So eine hübsche Frau ganz allein", sagte er
lachend. Es schien ihn nicht zu stören, nur
noch Christine am Tisch vorzufinden, im
Gegenteil, er begann sofort eine lebhafte
Konversation. Er habe in Rhodos einen Ledergroßhandel, erzählte er, und sei nur für

einige Tage geschäftlich in Wien.

Sie hing gebannt an seinen Lippen, weniger deswegen, was er zu berichten hatte – das Timbre seiner Stimme verzauberte sie. Auch Jorgos zeigte deutlich sein Interesse an Christine. „Sie sprechen aber ein wirklich perfektes Deutsch", sagte sie.

„Meine Mutter ist Deutsche und mein Vater Grieche." – „Ach so", sagte sie lachend. Sie erzählte bereitwillig, was sonst nicht ihre Art war, froh, einmal mit jemandem reden zu können, von ihrer Situation und von ihrem Leben, als sie noch berufstätig gewesen war. Von ihrem Ex-Mann, der eine gut gehende Import-Exportfirma hatte, während sie seit Jahren arbeitslos war. „Er zahlt mir lieber Unterhalt, als mir einen Job zu geben", klagte sie. „Ich bin nicht dafür geschaffen, in den Tag hineinzuleben. Die

Abfertigung war großzügig, aber ich habe noch keinen Cent davon angerührt. Was ich brauche, ist eine Aufgabe, einen Job!"

„Aber dann würden Sie jetzt dort arbeiten und wir wären uns nie begegnet", erwiderte Jorgos strahlend.

Die Zeit verflog im Nu. Irgendwann kam Gabi an den Tisch zurück.

„Entschuldige, Mama, aber es waren wichtige Gespräche, ich konnte nicht weg", sagte sie.

„Kein Problem, Töchterchen, wir haben uns blendend unterhalten", sagte Christine fröhlich. „Nicht wahr?", meinte sie, zu Jorgos gewandt. Dieser bestätigte das mit einem breiten Grinsen.

„Ich glaube, wir sollten langsam aufbrechen, ich muss heute noch nachhause fahren", sagte Gabi.

„Ja, es wird Zeit, schade", erwiderte Christine und sah dabei Jorgos an.

Als dieser ihr zum Abschied die Hand küsste, spürte sie die Schmetterlinge in ihrem Bauch flattern.

„Ein wunderschöner Ring, den Sie da haben", meinte er.

„Würden Sie mir die Freude machen und eine Einladung zum Abendessen annehmen?", fragte er dann. „Vielleicht gleich morgen?" Ohne lange nachzudenken, sagte Christine zu.

„Ich freue mich, dann erwarte ich Sie um 19 Uhr hier im Hotel."

Gabi sah ihre Mutter erstaunt an, aber die war im Moment mit ihren Gedanken überall, nur nicht bei ihrer Tochter.

Auf der Heimfahrt erzählte Christine ihr von ihrer Unterhaltung mit Jorgos. Gabi erschien es, als sei ihre Mutter in kürzester Zeit aufgeblüht wie eine Wüstenblume im Regen.

„Was habe ich da eben gehört, du interessierst dich für einen Mann?", sagte sie lachend zu ihrer Mutter.

„Ja, ja, so schnell kann es gehen", erwiderte Christine und zwinkerte der Tochter zu. „Du wirst dich doch nicht verknallt haben, Mama?"

Aufgeregt wie ein Teenager, konnte Christine es am nächsten Tag kaum erwarten, dass es Abend wurde. Jorgos erwartete sie schon in der Empfangshalle. Er war ein exzellenter Gastgeber und las Christine jeden Wunsch von den Augen ab. Sie konnte sich nicht erinnern, wann sie zum letzten Mal so einen schönen Abend verbracht hatte.

Während des Dinners erzählte ihr Jorgos, dass er dabei sei, auf der Insel Zakynthos Ferienhäuser der gehobenen Klasse zu bauen, um sie später an betuchte Gäste zu vermieten. Am Steilufer gelegen, mit direktem Zugang zu einer kleinen, privaten Bucht, mittels Fahrstuhl.

Fasziniert lauschte Christine Jorgos' Ausführungen und berichtete dann, dass sie vor einiger Zeit erwogen hatte, sich von ihrer Abfindung in Spanien eine Finca zu kaufen, ein kleines Landhaus. Die Zinsen waren ohnehin im Keller, so erschien es ihr besser, in Immobilien zu investieren. Aber sie hatte noch nicht das Richtige gefunden. Inzwischen waren die beiden beim Du gelandet.

„Lieber Jorgos, sei nicht böse, aber ich muss jetzt leider nachhause", und sie zeigte auf die Uhr. Es war mittlerweile nach Mitternacht.

„Ich lasse dich um diese Uhrzeit nicht allein nachhause fahren. Ich bringe dich selbstverständlich heim", sagte er. Jorgos brachte Christine mit dem Taxi bis vor die Haustüre. Beim Abschied meinte er: „Ich komme in drei Wochen wieder nach Wien, ich würde mich freuen, wenn wir uns wiedersehen könnten."

Christine sagte, sie würde sich auch sehr freuen, und sie tauschten die Telefonnummern aus.

„Morgen Abend, wenn ich in Rhodos bin, rufe ich dich an", versprach er. Christine bedankte sich für den wunderbaren Abend und küsste Jorgos zum Abschied. Ihr Herz klopfte wie wild, und voller Wehmut sah sie dem davonfahrenden Taxi nach. Der folgende Tag wollte nicht vergehen, so oft sie auch auf die Uhr sah. Christine fieberte dem Augenblick entgegen, der Gelegenheit, seine Stimme zu hören.

Endlich meldete sich Jorgos. Er erzählte ihr, dass er nächste Woche nach Zakynthos fliegen müsse, auf der Baustelle gebe es ein Problem mit der Firma.

„Wie wäre es, kannst du nicht mitkommen?", fragte er.

„Nein, so kurzfristig kann ich nicht weg, leider", sagte Christine, die sich etwas überrumpelt fühlte. Er kündigte ihr noch an, dass er schon eine Woche früher als geplant wieder nach Wien kommen werde.

„Aber da nimm dir bitte zwei Tage Zeit, mehr verrate ich noch nicht", sagte er geheimnisvoll und lachte.

Jeden Tag wartete Christine auf seinen Anruf. Endlich läutete das Telefon.

„Hallo, mein Augenstern", meldete sich Jorgos.

„Hallo Jorgos", rief Christine, froh, wieder seine Stimme zu hören.

„Ich komme morgen nach Wien, hast du dir zwei Tage frei genommen?", wollte er wissen.

„Ja, habe ich", antwortete sie.

„Ich bin schon gespannt auf deine Überraschung."

„Bitte hol mich morgen vom Flughafen ab. Ankunft: 17 Uhr 45 von Rhodos. Nimm dein Gepäck mit, ich habe einen Mietwagen bestellt und wir fahren dann gleich weiter nach Budapest", sagte er.

„Wie, was … Budapest?", fragte Christine überrascht.

„Ja, ich habe eine Besprechung mit einem Kunden, und da können wir gleich das Nützliche mit dem Angenehmen verbinden", sagte er mit dem strahlenden Ton in der Stimme, der sie so faszinierte. Christine war aufgeregt wie ein Teenager vor ihrem ersten Date.

Alles lief wie geplant, vom Flughafen fuhren sie nach Budapest ins Marriott.

„Ich hoffe, du hast nichts dagegen, dass ich ein Doppelzimmer bestellt habe." Jorgos lächelte und nahm Christine in die Arme.

„Nein", hauchte sie ihm ins Ohr und erwiderte zärtlich seinen Kuss.

Die Besprechung von Jorgos mit seinem Kunden, der ihn schon erwartete, dauerte nicht lange. Christine hatte sich inzwischen auf dem Zimmer etwas frisch gemacht.

„So, jetzt schauen wir uns Budapest an", sagte Jorgos.

Nicht zu glauben, wie anstrengend so ein Touristenleben ist, dachte Christine, als sie nach einer ausgedehnten Stadtbesichtigung spät und hundemüde zurück in ihr Zimmer kamen. Jorgos ließ eine Flasche Champagner aufs Zimmer kommen.

„Ich habe dir Fotos von Zakynthos mitgebracht", sagte er. Im Nu war die Müdigkeit verflogen, bei einem Glas Champagner zeigte er ihr die Bilder von seinem Bauprojekt. Christine war beeindruckt. Die Rohbauten standen schon, hoch über dem Meer direkt an einer Klippe. Ein schmaler Steig führte hinunter zur Bucht.

„Da wird demnächst der Aufzug gebaut", erklärte ihr Jorgos.

„Das würde mir auch gefallen", rief Christine lachend. Jorgos sah sie lange an und meinte schließlich:

„Ich habe da eine Idee. Du möchtest doch ohnehin in eine Immobilie investieren. Steig doch bei mir ein!"

In Christine erwachte sofort die Geschäftsfrau. Ihr Geld in ein größeres Projekt zu investieren erschien ihr jetzt verlockender als ein kleines Haus in Spanien, das sie erst noch würde renovieren müssen. „An welche Summe hattest du gedacht?", fragte sie.

„Hundert bis hundertfünfzig müssten es schon sein."

„Puh! Nicht gerade wenig!", erschrak sie.

„Du hast recht, es ist viel Geld. Aber auch ein großes Projekt. Und mit einer Partnerin in Österreich könnte man viel leichter Kunden aus Österreich und Deutschland als

Mieter finden, und die Kosten wären im Handumdrehen wieder herinnen. Und von da an ist es eine Goldgrube", gab ihr Jorgos zu bedenken.

„Bis wann müsste ich mich denn entscheiden?", fragte sie.

„So bald wie möglich, sonst müsste ich mich um weitere Mittel bei der Bank bemühen. Aber jetzt bei der Finanzkrise, die wir in Griechenland haben, ist das schwierig", erklärte er.

„Ich überlege es mir", versprach sie ihm.

Die restlichen Stunden dieser Nacht waren für Christine die schönsten seit vielen Jahren. Endlich konnte sie wieder Frau sein und ihrem Gefühl freien Lauf lassen. Während der Heimfahrt am nächsten Tag gab es nur ein Gesprächsthema, ihr – vielleicht – gemeinsames Projekt. Christine hatte sich innerlich schon entschieden, ja, sie würde sich an dem Projekt „Zukunft" beteiligen, so wollte Jorgos die Villen nennen.

„Schatz, komm mit nach Rhodos", bettelte er.

„Liebling, es geht leider nicht, ich habe hier auch andere Verpflichtungen", gab sie vor. In Wahrheit war ihr sein Tempo noch zu ungestüm. Insgeheim hatte sie das Projekt ja vor allem deshalb so schnell für sich akzeptiert, weil sie sich damit zwar auf Jorgos einließ, aber nicht mit Haut und Haaren – die wollte sie noch eine Weile behalten.

Am Flughafen in Wien trennten sich ihre Wege wieder, Jorges flog weiter nach Rhodos und Christine fuhr mit dem Taxi nachhause. Spät am Abend klingelte das Telefon. Es war Jorgos.

„Hallo mein Schatz, bin gut auf der Insel gelandet!" Sie badete in seiner singenden, vibrierenden Stimme. Er musste gar nicht nachfragen.

„Mein Liebling, ich habe mich entschieden. Ich mache mit!"

Ein kurzer Moment Stille. Dann sagte er: „Ich freue mich sehr. Mit wie viel beteiligst du dich?"

„Ich dachte an 100.000 Euro, würde das genügen?" Jorgos lachte.

„Ja! Den Rest bekommen wir noch von der Bank, mein Schatz. Wenn sie sieht, dass ich eine solide österreichische Partnerin habe." Christine fühlte sich geschmeichelt als wichtige Partnerin, die Weichen für die Zukunft stellte.

„Mein Schatz, machen wir doch Folgendes: Den Vertrag habe ich schon vorbereitet und unterschrieben. Ich sende ihn dir vorab per E-Mail. Wenn er für dich in Ordnung ist, überweist du mir auf das angegebene Konto den Betrag. Damit kann ich die Firma auf Zakynthos beruhigen, dass sie ihr Geld bekommt."

„In Ordnung", sagte Christine.

„Wenn ich am Freitag nach Wien komme, bringe ich das Original mit. Wir können dann zu deinem Anwalt gehen, wenn du möchtest."

Am nächsten Tag bekam Christine, wie angekündigt, den Vertrag per E-Mail. Sie las ihn und fand nichts Außergewöhnliches daran, alles war in Ordnung, schließlich hatte sie ja lange genug Firmenverträge überprüft. Am nächsten Tag ging sie zur Bank und überwies das Geld. Sie rief gleich Jorgos an und meldete, dass sie die Überweisung durchgeführt hatte.

„Ich bin hier auf der Baustelle in Zakynthos, mein Schatz. Wenn ich übermorgen wieder in Rhodos bin, gehe ich gleich auf die Bank. Willkommen an Bord", sagte er lachend.

„Ich freue mich auch", sagte Christine. „Kannst du das Geld nicht gleich online transferieren, oder telefonisch, wenn du ohnehin schon da bist?"

Jorgos räusperte sich. Seine Stimme nahm einen um eine Nuance raueren Ton an. „Du kennst die hiesigen Banken nicht, mein Schatz", sagte er. „Lass mich nur machen."

Ungeduldig wartete sie auf seinen Anruf. Endlich, nach zwei Tagen, klingelte das Telefon.

„Hallo mein Schatz, komme eben von der Bank! Habe das Geld abgehoben und fliege gleich morgen nach Zante zurück, um die Firma zu bezahlen."

„Wohin fliegst du?" Christine war irritiert.

„‚Zante', so nennen wir Zakynthos", lachte Jorgos. „Am Freitag komme ich nach Wien."

„Ich kann es kaum erwarten, dich wieder-zusehen", sagte Christine leise.

„Ich komme wieder mit der Maschine um 17 Uhr 45 von Rhodos. Bitte hol mich ab", bat er sie.

„Ich werde da sein, mein Liebling!", ant-wortete Christine und schickte ihm einen Kuss durch das Telefon.

Am Freitag fand sich Christine um 17 Uhr 30 in der Ankunftshalle des Flughafens ein. Es kam ja immer vor, dass ein günstiger

Wind das Flugzeug früher landen ließ, da kam sie lieber vorzeitig und wartete dann eben länger. Doch der Flug hatte sogar zehn Minuten Verspätung. Für 17:55 wurde die Landung angezeigt, eine halbe Stunde später kamen die ersten Passagiere durch die Schleuse, etwas abgekämpft, aber erleichtert. Ihre Gesichter hellten sich auf, wenn sie die Menschen erkannten, die auf sie warteten. Sie kamen einzeln, zu zweit, in Gruppen. Eine Viertelstunde danach kam niemand mehr. Jorgos war nicht unter den Passagieren. Tausende Gedanken schossen ihr durch den Kopf, was passiert sein konnte. Sie versuchte sofort, ihn telefonisch zu erreichen, aber vergebens, es meldete sich nur die Mailbox. Schließlich fuhr sie nachhause, länger zu warten hatte keinen Sinn. Er wird sich sicher melden und erklären, warum er den Flug verpasst hat, sagte sie sich. Aber auch am nächsten und übernächsten Tag meldete sich Jorgos nicht. Langsam überkam sie ein mulmiges Gefühl. Noch einmal versuchte sie es am Telefon, jetzt kam ein Tonband: Kein Anschluss unter dieser Nummer.

Christine war einer Ohnmacht nahe. Auch die Telefonnummer der angeblichen Firma von Jorgos in Rhodos, die auf dem Vertrag angegeben war, existierte nicht. Jetzt wurde es Christine langsam klar: Sie war auf einen Betrüger hereingefallen.

Verzweifelt rief sie ihre Tochter an, die erst jetzt von den Plänen ihrer Mutter erfuhr. Gabi musste ein paar Mal tief Luft holen, um nicht loszuschreien, doch dann beherrschte sie sich und drängte darauf, dass

Christine sofort zur Polizei ging und Anzeige erstattete. Die Polizei fand schnell heraus, dass es einen Ledergroßhandel Jorgos Panakis in Rhodos nicht gab und auch nie gegeben hatte. Die Baustelle mit den Ferienhäusern auf Zakynthos gab es wohl, aber die gehörte einem deutschen Geschäftsmann.

Als Gabi zu Besuch kam, traf sie ihre Mutter noch viel deprimierter an als vor dieser Geschichte.

„Aus der Traum von einer Finca in Spanien", schluchzte Christine. „Aber noch mehr schmerzt mich die Enttäuschung. Ich hatte mich wirklich in diesen Verbrecher verliebt."

Auf dem Weihnachtsmarkt

„Du, Schatz, ich komme heute nach dem Büro nicht gleich nachhause", sagte Sonja zu Gerhard, ihrem Mann. „Renate, meine Arbeitskollegin, du kennst sie von der Weihnachtsfeier vorige Woche, hat mich gebeten, sie müsste unbedingt nach Büroschluss etwas Privates mit mir besprechen."

„Wollten wir nicht heute Abend auf den Weihnachtsmarkt gehen?", wandte er ein.

„Das können wir ja morgen auch noch, oder?"

„Na ja, wenn diese Renate wichtiger ist", schmollte er.

Er fand sich damit ab, obwohl er sich auf den ersten Bummel durch den Weihnachtsmarkt ganz besonders gefreut hatte.

Er liebte den Andrang bei der Eröffnung, zu der viele Besucher sogar in Bussen von weit her kamen.

„Das wäre so schön gewesen", murmelte er.

„Sei nicht böse", sagte Sonja und küsste ihn zum Abschied.

Gerhard hatte frei, da im Büro dringend notwendige Reparaturarbeiten durchgeführt wurden. Um Sonja eine Freude zu machen, begann er gleich, nachdem sie gegangen war, die Wohnung sauber zu machen.

„Ach, hat sie wieder das Handy vergessen!" Es lag auf der Couch. Er nahm es und legte es auf den Couchtisch.

Der Tag verging mit Putzarbeit und zwischendurch ein wenig Fernsehen viel zu schnell. Als es dunkel wurde, überlegte er: „Warum gehe ich nicht allein auf den Markt? Wenn die beiden Damen quatschen, wird es sicher spät werden, und ich sitze hier nur herum."

Gesagt, getan. Als er das Haus verließ, begann es leicht zu schneien.

„Wie schön, auch noch Schnee!", rief er freudig.

Auf dem Weihnachtsmarkt war schon ziemlicher Betrieb. Langsam wühlte er sich durch die Menge. Er liebte die Atmosphäre auf solchen Märkten, besonders abends. Das Gedränge, die bunt beleuchteten Buden, den Duft von gebratenen Maroni, gerösteten Mandeln und Glühwein und die Weihnachtslieder, die aus den Lautsprechern strömten. Was für andere oft nervtötend war, ihm gefiel es. Es hatte für ihn ein ganz eigenes Flair. Er guckte da und dort, plauderte mit Budenbesitzern und genehmigte sich einen Glühwein. Bei einem Maronibrater bestellte er 10 Stück dieser kleinen Köstlichkeiten.

„Gleich sind sie fertig, 2 Minuten noch, mein Herr", sagte der Mann.

Während die Maroni noch einmal auf dem Blech gewendet und dann in ein Stanitzel gezählt wurden, blickte Gerhard umher. Dabei fiel sein Blick zufällig auf einen Glühweinstand weiter vorne auf der anderen Seite der Standreihe.

Augenblicklich stockte ihm der Atem. Er sah eine Frau mit einem Mann, und es konnte keinen Zweifel geben, dass die Frau Sonja war. Der helle Mantel, die rote Haube, unverkennbar Sonja, die gerade den Mann umarmte. Gerhard blieb fast das Herz stehen. Betrog ihn Sonja etwa?

Bis jetzt hatte er nie daran gezweifelt, dass sie ihm treu war. Sollte er gleich hingehen und sie zur Rede stellen? Diesen Gedanken verwarf er sofort wieder.

Er beschloss, die Szene weiter zu beobachten und zu dokumentieren, um Sonja später keine Gelegenheit für Ausflüchte zu lassen. Er zückte sein Handy, und gerade, als Sonja den Mann links und rechts auf die Wange küsste, machte er "klick!".

So sehr er sich auch bemühte, bei der ungleichmäßigen Beleuchtung und aus der Entfernung konnte er nicht ausnehmen, wie der Mann aussah. Außerdem trug dieser einen breitkrempigen Hut – ungewöhnlich modisch in dieser Gegend – und hatte seinen Mantelkragen hochgestellt. Schnell schoss er weitere Fotos von dem Corpus

Delicti, das das enge Beisammensein seiner Frau mit einem Unbekannten für ihn war. Auch wenn er jetzt nichts erkennen konnte, würde er zuhause am PC durch Vergrößern und Bearbeiten der Fotos den Mann vielleicht identifizieren können. Er steckte das Handy wieder ein und wollte schon weggehen, als ihn der Maronibrater zurückhielt: „Ihre Maroni, mein Herr!" – „Ach ja!", sagte Gerhard, „Die Maroni hatte ich ganz vergessen!" Er bezahlte und verließ fluchtartig den Weihnachtsmarkt.

Auf dem Nachhauseweg hämmerte es in seinem Schädel: War das eben eine Fata Morgana oder Realität gewesen? Aber er fand keine andere Erklärung, als dass Sonja ihn betrog.

Zuhause überlegte er fieberhaft, wie er es anstellen sollte, Sonja damit zu konfrontieren, was er gesehen hatte. Ihr eine Szene machen? „Cool" bleiben und abwarten? Er wusste es nicht. Er schwankte zwischen Vernunft, Wut, Enttäuschung und Hoffnung. Vielleicht gibt es eine einfache Erklärung dafür, dachte er. Gleich darauf überkam ihn die Überzeugung: Blödsinn, das war eindeutig. Sonja betrügt mich! So ging es hin und her.

Gerhards Unruhe steigerte sich immer mehr, immer wieder blickte er auf die Uhr. Da fiel ihm ein, dass er ja hatte versuchen wollen, die Handyfotos am Computer genauer in Augenschein zu nehmen.
Gerade als er die Fotos laden wollte, vernahm er ein Geräusch.
Er hörte, sein Atem ging noch schneller als zuvor, es war inzwischen 10 Uhr abends,

wie die Wohnungstüre aufgesperrt wurde und Sonja rief: „Ich bin da, Schatz!"

Als sie ins Wohnzimmer kam, stand er da, und sie spürte eine Spannung, die sie sich nicht erklären konnte.

„Ah, mein Handy", rief sie erleichtert, als sie es auf dem Couchtisch sah. „Tut mir leid, ich konnte dich nicht anrufen, dass es noch länger dauert."

„Muss ja sehr privat gewesen sein, dieses ‚Problem' von Renate", ätzte er.

Sonja sah ihn entgeistert an. Noch bevor sie etwas sagen konnte, platzte es aus Gerhard heraus: „Apropos Handy!", und er knallte sein Handy auf den Tisch.

„Was soll das, bitte?" fauchte er sie an.

„Was soll was?", fragte Sonja ahnungslos, schockiert über seinen Ton.

„Schau einmal auf das Foto!"

Zögernd nahm sie Gerhards Handy. Das Display zeigte eines der Fotos, die er aufgenommen hatte. Als sie das Bild sah, stieg eine leichte Röte in ihr Gesicht.

„Du spionierst mir nach?", fragte sie.

„Nein, aber es war gut so, dass ich auf den Weihnachtsmarkt ging, sonst wäre ich nie dahintergekommen, dass du mir Hörner aufsetzt", sagte er noch etwas lauter.

„Ich ahnte, es war keine gute Idee", sagte sie und lächelte gequält.

„Was war keine gute Idee? Mit ihm statt mit mir auf den Weihnachtsmarkt zu gehen? Das finde ich allerdings auch", sagte er zynisch.

„Jetzt beruhige dich bitte, mein Schatz, ich werde es dir erklären."

„Da bin ich aber gespannt, was du jetzt aus dem Hut ziehst", erwiderte er feindselig.

„Dein Vater rief mich gestern im Büro an, er käme mit einer Reisegruppe für drei Tage in die Stadt."

„Mein Vater also? Ruft dich nach fünf Jahren an? Und das soll ich dir glauben?"

Seit fünf Jahren hatte er zu seinem Vater keinen Kontakt mehr, nachdem dieser nach einer hässlichen Scheidung von Gerhards Mutter ausgerechnet zur Hochzeit von Gerhard und Sonja mit seiner Freundin, einer jungen Französin, erschienen war und damit bei seiner Mutter einen Heulkrampf ausgelöst hatte. Es hatte einen furchtbaren Streit gegeben, und sein Vater war kurz darauf, ohne ein Wort zu sagen, zur neuen Flamme nach Paris gezogen. Gerhard hatte daraufhin jeden Kontakt zu ihm abgebrochen und sich von da an geweigert, auch nur über ihn zu sprechen.

„Er hat mich letztes Jahr schon zweimal angerufen, weil er sich mit dir versöhnen will. Er wollte wissen, ob du ihm noch immer nicht verzeihen kannst", erklärte Sonja. „Ich wusste, wie du reagieren würdest, und habe ihn vertröstet und dir nichts gesagt."

„Das heißt, ihr hattet weiterhin Kontakt hinter meinem Rücken? Verstanden habt ihr euch ja schon immer gut."

Gerhard konnte seine Eifersucht nicht verbergen.

„Du weißt, ich war immer der Meinung, dass du dich damals in eine Ecke manövriert hast", fuhr Sonja unbeirrt fort. „Irgendwann muss man sich damit abfinden, dass eine Ehe nicht mehr funktioniert, auch wenn es die der eigenen Eltern ist. Im Grunde war es die Angelegenheit deines Vaters und sein Leben."

„Und das meiner Mutter, das er kaputtge-
macht hat!" schnaubte Gerhard.

„Du hast dir nie die Mühe gemacht, mit ihm
zu sprechen und seinen Standpunkt anzu-
hören," erwiderte Sonja. „Er hat es immer
wieder versucht. Diesmal möchte er es unbedingt. Er wollte zuerst mit mir allein reden, und ich sollte dich schonend darauf
vorbereiten. Er wird uns morgen besuchen,
um sich endlich mit dir auszusprechen und
zu versöhnen."

Gerhard machte immer noch ein ungläubi-
ges Gesicht. Er hatte noch gar nicht begrif-
fen, was Sonjas Worte bedeuteten.

„Und da geht er ausgerechnet mit dir auf
den Weihnachtsmarkt?"

„Die Reisegruppe wollte heute den Weihnachtsmarkt besuchen, und so beschlossen
wir, uns dort zu treffen", sagte Sonja ge-

duldig. „Das mit Renate war geschwindelt. Es tut mir leid, ich hätte das wohl doch nicht hinter deinem Rücken tun sollen", fügte sie kleinlaut hinzu.

Gerhard war einerseits beruhigt. Das konnte ja keine Lüge sein, wenn sein Vater am nächsten Tag tatsächlich hier auftauchen würde – allmählich wurde ihm die Tragweite von Sonjas Ankündigung bewusst. Und nun es war die Aussicht, unversehens mit all dem konfrontiert zu werden, was er so lange verdrängt hatte, die ihn fast noch mehr beunruhigte und aufregte. Insgeheim hatte er schon lange daran gedacht, wieder Kontakt mit seinem Vater aufzunehmen, aber er hatte es immer wieder aufgeschoben. Er scheute davor zurück, den ersten Schritt zu machen. Vielleicht würde es ei-

nen weiteren Streit geben, und außerdem —
schließlich war ja nicht er der Schuldige.

Am nächsten Abend kam der Vater wirklich,
wie angekündigt, zu Besuch. Gerhard erkannte ihn fast nicht wieder, vor ihm stand
ein zwar alter, aber durchaus jugendlich
wirkender, modisch gekleideter Mann. Am
Anfang saßen die beiden einander schwei-
gend gegenüber und musterten einander.
Sonja versuchte das Gespräch mit Smalltalk
und etwas Alkohol in Gang zu bringen.
Sie erkundigte sich nach Caroline, der
Freundin ihres Schwiegervaters. Anscheinend waren die beiden von Paris aufs Land
gezogen. Allmählich beteiligte sich auch
Gerhard an der Konversation, und die beiden kamen einander etwas näher. Sonja
war froh, dass sie wenigstens wieder mitei-

nander redeten.

„Wie wär's, gehen wir auf den Weihnachtsmarkt?", fragte sie lachend, um die
Stimmung weiter aufzulockern.

„Prima Idee", sagte der Vater.

Auch Gerhard hatte nichts dagegen. So
spazierten die drei los.

„Wo das Missverständnis begann, findet es
auch ein Happy End", sagte Sonja erleichtert zu Gerhard.

Der Vater musste zurück zu seiner Reisegruppe ins Hotel.

„Es war sehr schön. Ich werde bald wieder-
kommen, und dann sprechen wir uns
gründlich aus, mein Sohn", sagte er und
umarmte Gerhard zum Abschied.

„Ich glaube, du wirst dann auch Caroline
mit anderen Augen sehen."

„Ja, ich auch, Vater", antwortete Gerhard

und bemühte sich, die Tränen zu unterdrücken.

Im Weggehen drehte sich der Vater noch einmal um und rief: „Nächstes Jahr um diese Zeit kommt ihr zu uns, dann fahren wir nach Paris auf den Weihnachtsmarkt!"

Die Nixen

Alex schlug die Augen auf, doch es blieb finster. Wohin er auch schaute, er konnte nichts sehen.

Was war mit seinen Augen? Hektisch versuchte er aufzustehen, aber die Beine gehorchten ihm nicht. Der Boden hielt ihn fest wie ein Magnet ein Stückchen Eisen.

Er spürte Kälte an seinen Füßen. Durch sein Gehör pulste ein seltsames Zischen. Wo befand er sich? Sein Körper drückte auf etwas Raues. Mit den Händen ertastete er Sand und Steine.

Er musste die Panik bezähmen, die in ihm hochstieg. Hastig atmend mahnte er sich zur Ruhe.

Endlich ein schwacher Lichtschein, der sich

langsam ausbreitete. Allmählich konnte er seine Umgebung wie durch einen Schleier wahrnehmen.

Er lag offenbar nackt an einem Strand. Die Sonne stand noch tief über den Bergrücken. Das Zischen wurde zum Plätschern der flachen Wellen, die an seinen Füßen leckten. Es roch nach Meer und verbranntem Holz.

Sein Blick wurde klarer, er konnte schon Details deutlich erkennen.

„Gott sei Dank, ich kann sehen", sagte er aufatmend und drehte sich auf den Bauch. Unweit von sich sah er ein abgebranntes Lagerfeuer. „Wo bin ich?", fragte er sich. „Wie komme ich hierher?"

Seine Kleider lagen über den Strand verstreut. Er versuchte nochmals, aufzustehen. Diesmal gelang es. Er blickte sich um.

„Wenigstens bin ich allein", stellte er fest. Er sah, dass wenige Meter oberhalb des Strandes eine Straße vorbeiführte. Noch etwas benommen begann er seine Kleider einzusammeln und sich anzuziehen. Da schoss ihm ein Gedanke durch den Kopf. Hastig untersuchte er seine Hose. Dann seufzte er erleichtert. Brieftasche, Geld, Reisepass, alles noch da.

Mit wackeligen Beinen kletterte er die Böschung zur Straße hinauf. Vielleicht konnte er ja von dort aus sehen, wo er sich befand. Doch da war nur das graue Asphaltband, das offenbar die Küste entlangführte, auf der anderen Seite Hügel bis zum Horizont, bedeckt von Olivenbäumen, nichts als Olivenbäumen. Ratlos hockte er sich auf einen Stein. Seine anfängliche Erleichterung, dass ihn niemand in diesem Zustand sehen konnte, erschien ihm mittlerweile reichlich voreilig.

Was ist da passiert? Die Frage hämmerte in seinem Kopf und drohte ihn zu sprengen, weil er zu keinem Ergebnis kam. Dann wich die Verwirrung wachsender Übelkeit und brennendem Durst.

„Ich muss wissen, wo ich überhaupt bin", versuchte er sich anzutreiben. Er entschied sich, in eine Richtung zu gehen. Mechanisch setzte er einen Fuß vor den anderen. Irgendwo würde die Straße schon enden. Die Sonne stieg, es wurde immer heißer. Wie in Trance wankte er über den aufgeheizten Asphalt, der am Horizont zu flimmern begann. Der Durst wurde unerträglich. Die Straße war immer höher gestiegen, das glitzernde Meer lag tief unter ihm, trotzdem kam ihm der verrückte Gedanke, hinunter zu klettern und sich ins kühlende Wasser zu stürzen. Er erschrak vor sich selbst und wechselte sicherheitshalber die Straßenseite.

Quietschende Bremsen rissen ihn aus seiner Geistesabwesenheit. Ein Lastauto hatte es gerade noch geschafft, knapp vor ihm zum Stehen zu kommen.

Alex war unfähig zu reagieren. Er sah den Fahrer, der ausgestiegen war und auf ihn zukam, nur mit weit aufgerissenen Augen an.

„Wasser!", murmelte er. Der Fahrer half Alex, sich erst einmal an den Straßenrand zu setzen, und holte dann eine Wasserflasche aus seinem Auto. Gierig leerte Alex sie beinahe, ohne abzusetzen.

„Na, du hast aber lange nichts getrunken", sagte der Fahrer auf Griechisch und lachte.

Alex sah ihn erstaunt an. Diese Sprache kannte er. Auf Deutsch fragte er: „Bin ich in Griechenland?" Der Fahrer, der etwas Deutsch verstand, antwortete verwundert in seiner Muttersprache: „Ja, wo denn sonst?"

Dann zeigte er auf seinen Lastwagen.

„Komm, ich nehme dich in die nächste Ortschaft mit", sagte er und half Alex beim Einsteigen.

Die alte Klapperkiste schüttelte und rüttelte, weil weder die Straße noch die Federung komfortabel waren. Jedenfalls schien es dazu beizutragen, dass bei Alex langsam die Lebensgeister und die Erinnerung zurückkehrten.

Als nach längerer Fahrt eine Ortschaft vor ihnen auftauchte, war Alex wieder der Alte.

„Das ist ja Chrani", rief er erfreut. Eine kleine Ortschaft, die er kannte. Jetzt wusste er auch wieder, dass er auf der Peloponnes war. Der Fahrer sah ihn an und schüttelte den Kopf. Er konnte sich nicht erklären, was mit dem Kerl los war.

Vor einer Taverne bat Alex aussteigen zu dürfen. Der Fahrer hielt an, und Alex sagte auf Griechisch: „Vielen Dank fürs Mitnehmen – komm, trinken wir einen Ouzo!"

Der Fahrer war völlig perplex. Jetzt konnte der verrückte Ausländer auch noch perfekt Griechisch! Sie stiegen aus und setzten sich an einen Tisch direkt an der Straße. Bei einem Ouzo, viel Mineralwasser und köstlichen Mezes schlossen sich bei Alex die letzten Gedächtnislücken.

„Ich bin gestern hier angekommen und habe mir dort in dem Haus ein Zimmer gemietet", erklärte er und zeigte auf ein einzelnes Haus auf einem Hügel oberhalb des Dorfes. „Am Abend war ich hier in der Taverne und lernte zwei Typen kennen. Wir unterhielten uns blendend, sie erzählten von Zakynthos und Rhodos, die ich auch sehr gut kenne, da hatten wir für einige Stunden genügend Gesprächsstoff.

Wir hatten schon einige Ouzos und mehreren Flaschen Bier intus, da wollten sie unbedingt noch nackt baden gehen. Natürlich waren wir alle drei nicht mehr nüchtern. Sie hatten einen Bulli, mit dem fuhren wir an einen Strand."

„So einen bunt angemalten alten VW-Bus?", unterbrach ihn der Fahrer. „Ich kenne die zwei!" Er lachte schallend.

„Wir machten ein Lagerfeuer", fuhr Alex fort, „und tranken weiter. Sie hatten eine Kiste Bier und Wodka im Auto. Dann noch diese köstlichen süßen Kekse, die aßen wir zwischendurch und rauchten feine Zigaretten."

Alex nahm einen kräftigen Schluck Ouzo und rückte etwas näher an den Fahrer heran, als wollte er ihm ein Geheimnis beichten.

„Wir hatten das Autoradio voll aufgedreht, und die Musik lockte wunderschöne Nixen an!"

Jetzt musste der Fahrer zu seinem Ouzo greifen.

„Der Mond warf ein gespenstisches Licht an den Strand", erzählte Alex, „und wir tanzten mit den Nixen. Ihre glitschigen Körper fest umschlungen, tauchten wir dann mit ihnen in ihr Reich hinunter. Bis es finster wurde."

Der Fahrer lehnte sich zurück.

„Mein lieber Freund, ich glaube, du hattest zu viele Kekse gegessen", sagte er lachend.

Weitere Bücher des Autors:

 **Vom Leben geschrieben**
Teil I
ISBN 9783748178989

Leseprobe:
Vertippt
Kurt stand in der Küche und zerlegte gerade ein Huhn, er hatte heute Küchendienst, als sich sein Handy bemerkbar machte, das im Wohnzimmer auf den Tisch lag.

Seine Frau Helga goss dort gerade die Blumen. „Du hast eine SMS bekommen!" rief sie.

„Schau du nach, bitte, ich habe fette Hände. Es wird Alex sein, ich hab ihm geschrieben, dass er sich melden möge."

Helga nahm das Handy und las die Nachricht: „Hallo Kurt hier Doris! Wir haben uns gestern bei Norbert kennengelernt erinnerst du dich? Hast du heute schon was vor?"

Helga starrte auf die Nachricht und musste schlucken. „Wer ist es denn, Mausi?" rief Kurt aus der Küche.

Helga nahm das Handy und ging in die Küche. „Na?", fragte Kurt und sah Helga aufmerksam an.

„Deine Doris", sagte Helga steif.

„Wer? Ich kenne keine Doris", erwiderte Kurt und schmunzelte.

Helga las ihm die Nachricht vor. „Du hast gestern doch gesagt, du gehst zum Kegeln mit deinen Freunden!" Ihr Gesicht rötete sich.

„War ich auch, keine Ahnung, wer diese Doris Ist", erklärte Kurt schon etwas unwillig. „Die muss sich vertippt haben."

Vom Leben geschrieben
Teil II
ISBN 9783732234486

Leseprobe:

Der Alltag

Wieder einmal zeigte der Alltag Waltraud seine Krallen: Schnell das Frühstück machen und den Tisch decken, so liebevoll es eben in der Kürze ging. Was ohnehin sinnlos war, denn die anderen würgten es im Vorbeigehen hinunter. Die anderen, das waren: ihr Mann Erich, ihre Tochter Jasmin und Sohn Wolfgang.

„Vergiss nicht, in die Apotheke zu gehen!", sagte Erich, bevor er die Kaffeetasse auf den Tisch zurückstellte und sich verabschiedete. „Mama, der Seifenspender ist leer", rief Jasmin aus dem Badezimmer. „Bis am Abend", rief sie in die Küche. „Vergiss nicht, meine Bluse zu waschen", kam noch aus dem Vorzimmer hinterher, und weg war sie.

Wolfgang saß als Einziger bei ihr am Küchentisch, starrte aber unentwegt in sein Smartphone. „Übrigens, das Klopapier ist auch alle", sagte er ganz ruhig, ohne seinen Kopf zu heben. „Tschüss, ich muss dann auch los", sagte er, stand auf und ging.

Waltraud stützte ihren Kopf in beide Hände und schloss die Augen. Sie spürte, wie sich in ihr Druck aufbaute wie in einem Kochtopf. Plötzlich schrie sie sich explosionsartig den Frust von der Seele.

Meine Kindheit im Paradies

ISBN 9783735777829

Leseprobe:

Am Nebelstein

Eines Tages in diesem Sommer 1948 kamen Franz und ich auf die Idee, auf den Nebelstein zu gehen. Es war ein Marsch von gut eineinhalb Stunden.

Das erste Stück des Weges war kein Problem, denn im Wald um das Haus herum kannten wir uns sehr gut aus. Nicht nur, weil wir hier immer spielten, sondern weil wir auch die Streu für den Stall von hier holten. Je weiter wir uns aber vom Haus entfernten, desto unheimlicher wurde uns unser Vorhaben. Unser Weg führte vorbei

an großen Felsblöcken, an denen sich Him-
beerstauden hochrankten und die gele-
gentlich auch der einen oder anderen
Schlange ein warmes Sonnenplätzchen bo-
ten. Je näher wir dem Gipfel kamen, desto
deutlicher änderte sich auch die Land-
schaft. Weicher Moosboden und sumpfige
Wiesen zeigten, dass wir in ein Moorgebiet
geraten waren und höllisch aufpassen
mussten, um nicht darin zu versinken.

Endlich trennte uns nur noch ein kleiner
Anstieg vom Gipfel, da hörten wir unheimliche Laute. Es klang manchmal wie Klap-
pern, dann wieder wie fernes Rufen oder
Lachen. Da wir ohnehin den ganzen Weg
über nur an die Schauermärchen hatten
denken müssen, fiel uns nun fast das Herz
in die sprichwörtliche Hose. Das waren wir,
wagemutige Kletterer, denen plötzlich der
Angstschweiß auf der Stirn stand!